KB071282

惠 存

2020년 12월

박선희 씀

공원 데이트

박선하 시집

공원 데이트

초판 1쇄 　2020년 12월 22일

지은이 　박선하
발행인 　김재홍
디자인 　김다윤, 이근택
교정 · 교열 　박순옥

발행처 　도서출판지식공감
브랜드 　문학공감
등록번호 　제2019-000164호
주소 　서울특별시 영등포구 경인로82길 3-4 센터플러스 1117호(문래동1가)
전화 　02-3141-2700
팩스 　02-322-3089
홈페이지 　www.bookdaum.com
이메일 　bookon@daum.net

가격 　10,000원
ISBN 　979-11-5622-558-4 03810

CIP제어번호 　CIP2020052357
이 도서의 국립중앙도서관 출판예정도서목록(CIP)은 서지정보유통지원시스템 홈페이지
(http://seoji.nl.go.kr)와 국가자료공동목록시스템(http://www.nl.go.kr/kolisnet)에서 이용하
실 수 있습니다.

문학공감은 도서출판지식공감의 인문교양 단행본 브랜드입니다.

공원 데이트

●
∙
●

박선하 시집

문학공감

―

　"외할아버지, 큰 것과 작은 것 중에서 어느 것이 힘세?"

　"큰 것이 더 세지."

"아니야, 작은 것이 더 세." 하던 외손녀의 말을 입증立證하듯이 눈
에 보이지 않는 바이러스는 온 세상을 공포에 떨게 하였고, 아직도
끝 모를 진행형으로 남아있다.

　절망의 그림자 드리워진 거리에는 마스크 행렬 이어지고, 도처到
處에서 신음 소리 가득한데, 분별력 잃은 사회의 불협화음은 그칠
날 없으니 이제 인내심도 한계에 다다른 것 같다.

　계속되는 칩거생활蟄居生活의 답답함을 해소시키는 데 시작詩作
은 더없이 좋은 벗으로 마음의 안정제가 되어주었다.

특히 유치원 다니는 외손녀 돌봄은 일상의 메임이 있지만 삶의 희망을 주는 활력소였고, 간간이 이루어진 골프투어와 라운딩은 코로나 스트레스 해소의 청량제였다. 무주 여행, 탄천, 글샘 공원, 벗들과 만남 등도 시작詩作의 영역을 넓혀주었다.

　계절의 순환 따라 한 편 한 편 쌓인 시詩들을 모아서 3집을 발간하게 되었지만, 인물 값할 만한 시詩라고 내세울 만한 것은 없는 것 같다. 미흡한 시詩들이지만 코로나로 고통받는 이들에게 조그만 위안이 되었으면 한다.

2020년 嚴冬 탄천 기슭

박 선 하

차례

제2부

제3부

제 1 부

가족 나들이

세상 소식 바람결에 들으며
말없이 고향 땅 지키고 있어
자세히 보지 않으면
늘 그 모습 같은 자연

계절의 순환 시계 맞춰
봄, 여름, 가을, 겨울
경극 속 가면처럼 모습 다른
변화의 춤사위 펼치고

두더지인 양 땅속 누비며
휴대폰에 시선 꽂혀도
주말이면 가족 나들이
자연 속 한 장면 된다.

가족 위한 삶

나만의 시간 조금만 줄이면
가족과 교감交感하는 시간 늘어나고

나만의 즐거움 조금만 줄이면
가족과 더불어 지내는 즐거움 늘어나고

나만의 쓰임 조금만 줄이면
가족과 공유共有하는 쓰임 늘어나고

해체解體되어 흩어지는 가족
제자리 붙들어 두려면
나만을 위한 삶 벗어남에 있음을.

가족이란

가족 오장육부五臟六腑 같아

이름 다르고

하는 일 제각각이어도

끈끈이 관계 맺어

일심동체一心同體 삶 살으리

가족 용광로 같아

모습 다르고

성격 같지 않아도

끓는 쇳물 속 녹아들어

이심전심以心傳心 삶 누려가리

가족 연극 같아

배역 다르고

시나리오 다양하여도

주어진 저마다 역할 다하여

동고동락同苦同樂 삶 이어가리.

갈치조림

온라인 열풍 불어

발길 뜸한 남대문 밤 시장

옛 영화榮華 잊혀가도

골목길 한편 갈치조림 식당

단골손님 줄이어라

주름진 얼굴만큼이나

연륜年輪 묻어나는 갈치조림

깊은 맛 배어

밥도둑 따로 없어라

벗들과 소주잔 기울이며

정담情談 더하니

스산한 겨울밤

훈훈한 온기溫氣 퍼져라.

게걸스러운 도둑고양이

살금살금 다가와

생선 한 마리 물어가려

눈치 보던 도둑고양이

몸집 비대肥大해지니

생선가게 주인 안중眼中에 없고

발톱 세워 설쳐대는 꼴

금배지 난장판 같아라

배고픈 시절 도둑고양이

엉큼한 속내 드러내지 못하고

숨죽여 지내다가

떼거리 늘고 세력 커지니

제 세상 만난 듯

안하무인眼下無人이구나

생선 맛에 도취陶醉되어

게걸스레 먹어대다

제 몸 가누기도 어려우면

화산처럼 분노 솟구친

생선가게 주인들에게

몽둥이질 당하는 날 있으리.

거울 보듯

양치기 산뽀냐 소리
들리지 않아도
하늘 초원 가득
방목된 구름 떠다니고

앙탈 부린 아이
지쳐 잠든 듯
태풍이 할퀴고 간 하늘
천진스러움마저 깃들어라

혼란의 도가니 대지
해맑은 하늘 닮아
음지 속 가려진 진실 드러나고
거울 보듯 투명하였으면.

겨울 끝자락

밤새워 까치발 손님
눈송이 뿌리며 찾아와
우중충한 거리 간 곳 없고
산골 풍경 눈앞 펼쳐져라

움츠린 겨울 날씨
빈정거리는 소리에
닫았던 사립문 다시 열고
동장군 체면 차리지만

게으른 눈발 휘날려도
완연한 봄기운
기세 누그러뜨리니
겨울 끝자락이구나.

겨울답지 않은 겨울

야성野性 잃은 동장군冬將軍
풀 죽은 삽살개처럼
양지陽地 쪽 웅크려 앉았다
입춘立春 소식에 발톱 세워라

삼한사온三寒四溫 사라진 겨울
볼이 빨간 아이
저수지 썰매 타기
동화 속 이야기로 전해지고

문고리 얼어붙는 겨울밤
"찹쌀떡~ 찹쌀떡~"
애련哀憐한 소리 귓전 맴돌아
바라본 창밖에는
겨울답지 않은 겨울 서 있구나.

겨울의 사각지대

원시 동굴 회귀回歸한 듯
해가 지지 않는 지하상가
겨울 비껴가 온기溫氣 가득하고
사람들 물결 출렁임을

밀려오는 승객들
실어 나르는 지하철
시골 장터보다 붐벼도
숨 막히는 기다림의 침묵만

겨울의 사각지대死角地帶
도시민의 은신처隱身處 지하도
병정들의 행진 이어지듯
웃음 잃은 무표정들.

계절의 정류장

머물러 있는 듯해도
한눈파는 사이
옷 바꿔 입은 계절 따라
모양새 달리한 거리 풍경

소소한 차이 일상사
하루 이틀 메이다 보니
옷깃 여미는 소슬바람
장롱 속 가을옷 꺼내 놓아도
외투 챙길 날 멀지 않으리

숱한 마마 자국 남기고
절로 순환하는 계절의 정류장
막차 기다리는 노인네
머리 위 흰 눈 쌓인다.

고개 떨군 아로니아

건강식품 대명사
한때를 풍미風靡했던 아로니아
흑진주처럼 고귀한 품격品格
만인萬人의 추앙推仰 받았어라
들불처럼 타오른
아로니아 재배 열기
희소가치 곤두박질쳐
추락墜落의 끝 보이지 않는구나
자식 돌보듯 한
농부의 정성 알알이 맺혔는데
서리 내린 들녘
수확기 지난 아로니아
무거운 짐 내려놓지 못하고
고개 떨궈 서 있구나.

고개 숙인 그림

번화한 대로변大路邊 뒤편
어두운 골목길 있듯
보이는 밝은 모습 너머
검은 그림자 드리워져 있구나

삶의 여정旅程 전시장
형형색색形形色色 그림들
발자취 되돌아보게 하는데
구석진 한편 고개 숙인 그림
덩그러니 걸려 있구나

푸른 하늘 같은 삶
바라지 않는 이 없으련만
진흙탕 질곡桎梏의 세월
한 점 먹구름마저
끼지 않을 수 있으랴.

고삐 풀린 자연인

분침 소리 장단 맞춰
맥박수 빨라지는 샐러리맨
출근 차량 줄지은 사거리
신호등 너머 옛 시절
파노라마 펼쳐지는구나
지난 시절 궁핍한 생활
그림자 같았으나
굴하지 않는 도전 의식
풍요의 밑거름되었음을
규칙의 울타리 벗어난
고삐 풀린 자연인
망각의 늪 빠져
희망찼던 옛 시절 잊혀간다.

공염불 되지 않을지

학의 목 내밀고
기다려온 숙원사업宿願事業
고무줄처럼 늘어져
명맥命脈 겨우 유지하여라

찌그러져 가는 오두막
가슴 졸여온 새 단장丹粧
모닥불 사그라지고
플래카드만 휑하니 걸려 있구나

벌려놓은 좌판坐板도
거두어들여야겠는데
애드벌룬 청사진들
공염불空念佛 되지 않을지.

공원 데이트

고사리 손끝 감전된 듯
전해지는 사랑스런 전율
봄날 아지랑이 되어
침묵의 거리 퍼져 나가고

안아달라 보채던 나무계단
놀이하듯 오르는 성큼 자란 모습
물오른 나무같이 싱그러워
한적한 공원 생기 돌게 하여라

보석인 양 마로니에 열매
주머니 가득 채우고
함박웃음 짓는 모습에
지나가는 행인 미소 짓네

가을의 초입
외손녀와의 공원 데이트
온갖 즐거움 많아도
이보다 좋을 수 있으랴?

공원 벤치 앉아

산책길 늘어선 칠엽수
차양遮陽인 양 그늘막 드리우고
산들바람 부는 공원 벤치
노천카페 찾은 듯하여라

간밤에 내린 비로
절정絶頂 향해 치닫는 수목樹木
푸르름 더욱 눈부시고
생동生動의 용트림 가득하여라

자연 속 동화同和되어
멍때리고 앉았으니
혼탁한 머릿속 청량제로 씻은 듯
거울처럼 선명해짐을.

과거로 회귀함을

뒤돌아봄 없는 시간
앞만 보고 달려가지만
세상살이 때론 뒷걸음쳐
과거로 회귀回歸함을

바람 불어 좋은 날
휘파람 소리 드높지만
예기치 않는 시련 닥쳐
나락那落 속 추락함을

변덕스런 날씨마냥
종잡을 수 없는 삶의 여정旅程
한결같은 평온한 삶
산수화 속 이상향理想鄉일 뿐.

굽어보는 해

한 닢 대가도 바라지 않고
오롯이 제 몸 불태워
온 누리 광명 비추는
살신성인殺身成仁 해

만물에 차별 두지 않고
풀 한 포기 나무 한 그루에도
생명의 에너지 두루 베푸는
중생제도衆生濟度 해

운행 궤도 벗어나지 않고
무한 우주 유영遊泳하다
먼동 트면 해맑은 얼굴 내미는
광대무변廣大無邊 해

우러러 뵈는 해
두 눈 부릅뜨고 굽어보는데
교묘한 위선자 간계奸計 부린들
숨을 곳 어디에도 없으리.

그 모습 그대로

밋밋하게 반복되는 날이지만
어느 날도 똑같은 날 없고
애태워야 할 일 없어도
무엇 하나 소홀히 할 수 없음을

세월 따라 변하는 바람이지만
어느 때도 똑같은 바람 없고
바구니 가득 채워진 때 없어도
무엇 하나 소중하지 않은 것 없음을

그날이 그날인 양 흘러가
바람결에 백발 휘날려도
늘 그러했듯 그 모습 그대로
같은 듯 다른 날 맞이하리.

그때 그런 선택

뒤안길에 흔히 하는 후회
그때 그런 선택 않았으면 이리
얕은 경험 의한 충동적 선택
좋은 결과 얻을 수 없지만
시행착오試行錯誤 거친 지금
최선의 선택할 듯해도
기대만큼 결과 얻기 어려우리
예기치 않은 선택들
좋은 결과 많았다면
서너 번 잘못된 선택하였어도
잘한 선택 더 많으니
묵은 잘못 꽤 씹어
마음의 상처 덧나지 않았으면.

금송아지 몰고 온 뽕밭

산골 마을 양반촌
머슴살이하던 삼돌이
양반댁 귀한 딸 순희와 연분緣分 맞아
이십 리 밤길 걸어 서울행 완행열차 타고
야반도주夜半逃走하였다네
넓디넓은 서울 땅 어디에도
발 뻗고 잠잘 곳 없고
밥 한 그릇 얻어먹을 곳 없어
주린 배 움켜쥐고 이곳저곳 기웃댔다네
강남 땅 뽕밭에서 누에치기 일자리 얻어
마른 헝겊 다시 짜며 한 푼 두 푼 모아서
대여섯 마지기 뽕밭 샀다네
해 가고 달 가도 없는 듯이 묻어둔
똥값 뽕밭 금송아지 몰고 와
보란 듯이 고대광실高臺廣室 짓고
산골 마을 양반집 부럽지 않게 살았다네.

금요일 밤

땀 흘린 주중週中 아니어도
금요일 밤의 안식安息
안개 짙은 밤거리
울려 퍼지는 샹송 같아라

주말週末의 설렘 없고
늘 하듯 동네 맴돌아도
안장 내린 말처럼
홀가분함 잔물결 일어라

채워지길 기다리는
술잔 같은 금요일 밤
별도 없는 밤하늘에 그리운 모습
가득하여 쉬이 잠들기 어려워라.

기대와 실망

평행선 달리는
기대와 실망
기대 있으면 실망 따르지만
삶의 희망 깃들게 하고
기대 않으면 실망도 없어
마음의 평온 자리 잡는다.

꼬리 잘린 겨울 해

도마뱀 꼬리 자르듯
짧아진 겨울 해
이른 초저녁 불러와
가로등 달빛인 양 불 밝혀라

이 무렵 고향 마을
저녁연기 피어오르고
생솔가지 타는 매캐한 내음
온 마을 퍼져 나갔는데

불 꺼진 아파트 단지
오가는 주민들 뜸하고
을씨년스러운 겨울바람만
할 일 없이 지나가는구나.

꼭두각시놀음

산책길 고개 내민 잡초
불도저 지나간 듯 발길 짓눌려
벌거숭이 흙길 되었어도
부활의 장맛비 은총 내려
새 생명 다시 돋아나지만
죄 없는 순박한 민초民草들
저항할 수 없는 역사의 수레바퀴
짓눌려 멍울진 가슴
포근히 달래보지도 못하고
허울 좋은 꼭두각시놀음
한 가닥 영혼마저 앗아가니
잡초보다 못한 운명 서러워
비 같은 눈물 산야山野를 적시는구나.

나대로 삶

세상 소리 귀 닫고
살 수 없지만
소리 따라 마음 흔들리면
나만의 색깔 어이 지니리

험난한 세상살이
살얼음 걷듯 한데
보이는 것마다 눈길 주면
마음의 안식처 어이 찾으리

청정지역 찾아
봇짐 꾸릴 수 없다면
보이고 들리는 것 접어두고
늘 그러했던 나대로 삶
살아감이 어떠리.

낙조 물든 시라차 해변

낙조落照 물든 시라차 해변

전망 좋은 명당자리

그랜드 씨 사이드 레스토랑

명성만큼이나 씨 푸드 요리

식도락食道樂 풍미風味

입안 가득 전해지고

한낮 라운딩의 피로

생맥주 거품 속 녹아들어라

마주 앉은 다정한 벗

정담情談 무르익을수록

마음의 통로通路 열리고

불그레한 볼 가에

잔잔한 미소 퍼져라.

남은 날

지난날을 곱씹고 있기에는
남은 날이 그렇게 많지 않다
나이만큼 가속 붙은 시간
허투루 보내기에는
촌각도 아까워라

지난날의 향수에 젖어 있기에는
남은 날이 생각만큼 많지 않다
나이만큼 늘어가는 주름살
허투루 보내기에는
한순간도 아쉬워라

어제보다 나은 오늘
오늘보다 나은 내일
맞이하는 설렘으로
충만한 날들 이어지면
남은 하루는 지난 일 년 같으리.

내게 잘못 없음에도

어김없이 올해도 매화 피어
그윽한 향기 퍼져가도
선뜻 꽃구경 나서지 못함
벼랑 끝 몰린 이들 신음소리
차마 외면할 수 없음인가
산수유 노랗게 물들어
희망의 속삭임 귀 간질여도
발걸음 떨어지지 않음
먹구름 낀 앞날 알 수 없음인가
코로나 몰고 온 불황
쓰나미처럼 덮쳐
내게 잘못 없음에도
거센 파도 휩쓸려 떠내려감을.

내려놓고 가세

한평생 사노라면
소중한 것 수없이 많아
목마르면 물이요
배고프면 밥이요
아플 때는 건강이듯
그때그때 달라지니

한세상 사노라면
필요한 것 한없이 많아
외로우면 친구요
실직하면 취직이요
셋방 살면 집 장만이듯
소원 따라 달라지니

굴곡진 인생길 걷노라면
소중하고 필요한 것 하도 많지만
힘 부쳐 다 짊어지고 갈 수 없으니
그냥 홀가분하게 내려놓고 가세.

너와 나는 이방인

돌보는 이 없는
묵은 텃밭에 패랭이꽃 피어
모래바람 부는 가슴
한줄기 미소 스쳐 가도

침묵의 시간 길어진 만큼
불확실의 그물 촘촘해져
안개 짙은 앞날
붉은 신호등만 깜박여라

살가운 정 사라진 삶의 터전
경계의 눈빛만 번뜩이고
광야를 헤매는 유랑민인 양
너와 나는 갈 길 잃은 이방인.

노년의 멋스러움

잡동사니 창고 같은 머릿속
책장 정리하듯 해도
묵은 자취 사라지지 않음
무념無念의 문지방 넘지 못함인가

변덕스런 날씨 같은 가슴속
외줄 타기하듯 해도
소소한 탐욕 고개 숙이지 않음
무상無常의 덧없음 알지 못함인가

붉은 노을 물들이며
늙은 해 서산 넘어가듯 한
노년의 멋스러움
비움에 향기 그윽함을.

노쇠한 곤돌라

어름사니인 양
외줄 타는 곤돌라
향적봉 찾아오는 관광객
실어 나르느라
바람결에 세월 흘려보내고
어느새 노인네 되어
기력 약해졌어도
생채기 난 몸 추스르며
한시도 쉬지 않고 오르내리는구나
발아래 펼쳐지는
단풍 물결 더없이 곱지만
삐거덕거리는 곤돌라
날 닮은 듯하여
마음 한편 무거워짐을.

노승 같은 하루

강 하류같이 잔잔한 하루
무채색 일상 이어져
양지쪽 졸고 있는
고양이 같아도

골 깊은 산같이 고요한 하루
거북 걸음 걷듯 하여
감긴 태엽胎葉 풀어진
괘종시계 같아도

화사한 봄날의 꿈도
폭풍우 치던 여름날의 아픔도 물러간
장삼長衫 벗어 던진 노승老僧 같은 하루
실존의 오솔길 걸어간다.

노을빛에 물든 나그네

이끼 덮인 노거수老巨樹

연륜年輪의 무게 느껴지듯

풍파 할퀸 주름진 얼굴

삶의 궤적軌跡 깊게 새겨졌어라

강물 거슬러 오르는 연어처럼

회귀回歸 본능 꿈틀거려도

보이지 않는 그물 얽혀

선뜻 굴레 벗어나기 어려워라

서산西山 노을빛 물든 나그네

고갯마루 앉아 바라본 하늘에

구름 떠가듯 지난 추억

점점點點이 떠다니는구나.

농향 풍기며

희뿌연 안개 드리워져
먼발치 대모산 자락
숨바꼭질하듯 얼굴 가리고
창밖 파스텔 색조色調 공원
님 보듯 정감情感 어려
가슴속 잔물결 일어라
머문 자리마다
정들지 않는 곳 있겠느냐마는
지척咫尺에 가족들 모여 살고
동네 벗들 어울려 지내니
낯선 곳도 고향 같음을
화려한 날은 지나갔어도
인생의 뒤안길 농향濃香 풍기며
온갖 메임 훌훌 벗어던지고
달 가듯 은은히 흘러갔으면.

느티나무 단풍길

황갈색 옅은 물감
뿌려놓은 수리산 자락
느티나무 단풍길
마주한 듯 눈에 선하여라

도열堵列한 느티나무
오랜 연륜만큼 우람해져
무성한 잎새 드리우고
서정抒情 어린 단풍 전시장
늦가을 피날레 장식했는데

바람결 타고 휘날리는
단풍 비 흠뻑 젖어
취한 듯 걸었던 날들 추억
아린 가슴속 앨범에
고이 접어 두었노라.

늘 그리하듯

미동微動 않는 마음자리
한 알 조약돌 떨어져
파문波紋 일으켜도
잠시 피어올랐다 사라지는
물안개일 뿐

밤새 강풍 불어
뿌리 뽑힐 것 같던 나무
비 갠 아침 산책길에
여느 때와 다름없이
나뭇잎만 떨궈놓았네

빈껍데기 독백 흩어진 하늘
또다시 먼동 트고
늘 그리하듯 사거리에는
출근길 차량 행렬 이어진다

단절의 창

바람길 막힌
창 닫힌 오피스텔
세상 소리 담장 쌓고
가부좌 튼 선승禪僧 같아라

촘촘한 벌집 속 웅크린
고향 잊은 이방인들
산들바람 창문 두드려도
고개 내미는 이 없어라

메마른 창가 놓인 화분
숨 막혀 아우성쳐도
굳게 닫힌 창
먼지만 쌓여가네.

단풍놀이 떠나봄이

거미줄 지하철 타고 다녀
철 바뀌는 줄 몰랐는데
문득 단풍 든 가로수 마주하니
무쇠 마음 풍랑 일어라

기생 단장丹粧한 듯 고운 단풍
농염한 자태 으스대고
골마다 단풍객 물결
산수화 한 폭이어라

사랑채 담장 벗어나지 못하는
갓 쓴 양반아
저만큼 책상머리 물리고
단풍놀이 떠나봄이 어떠하리.

달마저 자취 감추면

구름 낀 밤하늘 헤집고 나와
창 너머 걸려 있는 백옥 쟁반
세월의 흔적 비껴간
순수의 결정체結晶體이어라

장맛비에 밤하늘 나들이
덤불 헤쳐 나오듯 했을 텐데
민초民草들 진흙탕 속 절규絶叫
차마 외면할 수 없었으리라

별자리 사라진 밤하늘
홀로 광명光明 비추는 달마저
먹구름 속 자취 감추면
천지天地는 암흑의 세상 되리.

대문 박차고 나와

돌보는 이 없어도
제 물에 겨운 벚나무
모시 적삼 차려입고 손짓하는
양재천 둘레길

연초록 물감 채색彩色한 자연
생동生動의 발걸음 소리 우렁차도
동면冬眠 든 인간 세상
깨어날 기색氣色 없어라

가상현실假想現實 속 갇힌
기약期約 없는 은둔隱遁 생활
대문 박차고 나와
벚꽃 향기에 취해봄이 어떠리.

대보름 정취

아파트촌 고개 내민
정월正月 대보름달
세월의 강 흘렀어도
동자승童子僧 얼굴 변함없어라

생솔 엮어 달집 짓고
쥐불놀이하며 소원 빌던
대보름 행사 잊혀가도
온 누리 광명光明 예전 같아라

사거리 신호등
보름달 바라보듯 살아도
솔가지 사이 보름달에
옛 시절 투영投影되어
눈언저리 이슬 맺혀라.

동트기 전 가락시장

밤새워 거품 물고 달려온
청과물 가득 실은 화물차
가쁜 숨 몰아쉬는
동트기 전 가락시장
온 나라 사투리 뒤섞여
북새통 이루는구나
불야성不夜城 이룬 경매장
중개인 손짓 바라보는
상인들 눈에 불꽃 튀고

산더미 청과물 삽시에

바닥 보이는구나

먼동 트자 귀향길 화물차

시동始動 소리 떠나갈듯하고

구름같이 모인 상인들

썰물 되어 빠져 나가는구나

가락시장 새벽 열기

용광로 지핀 듯하여

동장군冬將軍도 비껴가노라.

동네 한 바퀴

퇴근길 행인들 발걸음
탭댄스 추듯 경쾌하고
손님맞이 가게들 생기生氣 넘치는
저물녘 동네 한 바퀴

땅거미 지고 가로등 불 밝히면
개 짖는 소리 공원 가득하고
포차마다 숯불 향기 자욱하여라

어제나 오늘이나
동네 모습 변한 것 없어도
스쳐 지나가는 사람들 새롭고
거리 풍경 평온 깃들어라

곤두박질 나라 경제
소용돌이 거세어도
소시민의 일상 미동微動 없고
일과처럼 계속되는 동네 한 바퀴.

동심의 세계

외손녀 유치원 등하원 시키고
놀이 친구 되어주는 일상
그날이 그날인 것 같아도
곁눈질할 틈 없어라

구김살 없는 외손녀 해맑은 모습
눈에 넣어도 아프지 않지만
일탈逸脫의 자유로움
마음처럼 손쉽지 않음을

동심童心의 세계 빠진 주중週中
세상 소리 저만큼 멀어지고
마음자리 평정심平靜心 내려앉아
탄천가 왜가리 닮아가는구나.

동안거冬安居 든 가로수

옅은 파스텔 단풍 무대
이별 눈물인 양 찬비 내려
낙엽 쌓인 보도步道
한기寒氣 어리는구나

대로변大路邊 가로수
바람벽 없는 냉방 앉아
살에는 북서풍 맞아도
얼굴색 달라지지 않아라

늘 그러하였듯
자연법칙 순응順應하며
말없이 서 있는 가로수
동안거 든 선승禪僧 같으니.

등불 밝혀 걸어가리

묵은 거름 퇴적堆積된 토양

씨알 굵은 과실 영글듯

숱한 경험 쌓은 노년老年

백주白酒 같은 농향濃香 풍겨나고

설한풍雪寒風 담금질한 여우 털

때깔 고운 윤기潤氣 흐르듯

무수한 시련 겪은 말년末年

달빛 같은 은은함 퍼져가고

화력火力 다한 장작불

잔불 남아 온기溫氣 전하듯

지난 여정旅程 온 힘 다했어도

남은 여정 등불 밝혀 걸어가리.

마로니에 차양 아래

마로니에 차양 그늘 드리워진
글샘공원 벤치
외진 산골 찾은 듯
새소리 들리고 나비 노닌다
눈에 익은 공원 구석구석
새로울 것 없지마는
나무 한 그루 풀 한 포기
정겹게 안겨 옴은
가식의 먹구름 걷혔음이려나
자연은 늘 그대로이지만
바라보는 인간의 마음
변덕스러워 달리 보일 뿐이리.

마음 가는 대로

눈에 보이고
귀로 들리는 것에 의해
평정심의 둑
무너지지 않고

머릿속 맴돌고
가슴 억누르는 것에 의해
절제의 벽
엉그름 가지 않고

바람 소리 물소리에
귀 기울이고
인연 닿는 대로
사노라면

어이 평온 깃들지 않으리.

제 2 부

말 많은 인간 세상

중천中天에 솟아오른 달
내비게이션 없어도 궤적軌跡 따라
가는 듯 머무른 듯 떠가고

때 되면 옷 바꿔 입는 나무
변덕스런 날씨 탓하지 않고
있는 듯 없는 듯 제자리 지키는데

말 많은 인간 세상
마스크 쓰고 다녀도
확성기 틀어놓은 듯함은
상생相生의 도道 무너졌음인가?

망각의 강물 흘러

삶의 무게 떠받쳐주는
아름드리 대들보 무너진
허망한 가슴속
희뿌연 흙먼지 휘날리고
어두운 바다 비춰주는
등대 같은 삶의 희망
반딧불 되어 날아간
빈 마음의 텃밭
잡초만 무성해도
한 해 두 해 세월 가면
예리한 창칼 녹슬어 부서지듯
돌덩이 가슴 망각의 강물 흘러
눌어붙은 앙금 걷히고
잡초 뽑은 마음의 텃밭
생명이 꿈틀거리리.

먼발치 절세가인

메마른 시제詩題 구하려
화두話頭 붙든 선승禪僧처럼
멍때리고 앉았으면
무념無念의 자리
불현듯 한 줄 시구詩句 떠올라라
한 판 샅바 싸움
시어詩語 짜 맞추기
머릿속 한 점 잡념
끼어들 틈 없어라
고행苦行의 시간 흘러
얼개 갖춘 미숙아 시詩
분단장하여 얼굴 내밀지만
절세가인絕世佳人 닮으려면
꿈속이나 가능하려나?

명동 밤거리

옛 명성名聲 퇴색되지 않은
불야성不夜城 명동 거리
한 평 남짓 길거리 음식점들
일품一品 먹거리로
지나가는 손님 불러 모으고
미어지는 관광객들
각국各國 언어 뒤섞여
북새통 이르는구나
언덕배기 불빛 화원花園에는
명동성당 배경 삼아
추억 여행 사진 촬영
시간 가는 줄 몰라라
번화繁華한 도심 터 잡았어도
숙연肅然해지는 명동성당
뒤뜰 천주님 사랑의 손길
그윽하여 얼었던 마음
봄눈처럼 녹아내려라.

73

무방비 병동

남색 한복 차려입고
고운 자태 으스대던 하늘
황달기 짙게 드리워져
연신 가쁜 숨 몰아쉬고

미세먼지 포위된 해
온 누리 밝히던 광명 잃고
산골 외딴집 호롱불 마냥
어슴푸레 가물거리네

미세먼지 공습 피할 수 없는
무방비 병동에는
마스크 행렬 발걸음 소리
진혼곡 되어 울려 퍼진다.

무엇에 견줄 수 있으랴

졸졸대며 흐르는 시냇물 소리
청아淸雅하게 들려도
카봇 놀이 흠뻑 빠져 조잘대는
외손녀 목소리에 견줄 수 있으랴

샛노란 꽃창포 분수噴水가 피어
지나가는 길손 시선 모아도
해맑은 웃음 짓는 천사
외손녀 얼굴보다 예쁠 수 있으랴

에너지 샘솟는 외손녀 보살피는
동심童心의 외할아버지 지쳐가도
물오른 나무같이 건강한 자람에
석양夕陽 드리운 줄 몰라라.

뭔가에 몰입

세상살이 난마亂麻 같아
한 곳만 바라보고 살 수 없지만
사념邪念에 빠져 흘려보낸
소중한 시간 아쉬움 남음은

저마다 삶의 길 달라도
가슴 벅차올랐던 날은
혼신의 에너지 쏟아
몰입했던 순간이리라

희로애락喜怒哀樂 스펙트럼
이어지는 삶의 여정旅情
몰입의 희열감 있어
후회스런 지난날도 묻혀 가노라.

바라만 볼 뿐

아이가 어떤 그림 그릴지
알지 못하면서도
부모는 액자 맞춰놓고
전시展示할 날 기다린다

아이가 무슨 꿈꾸는지
알지 못하면서도
부모는 이정표里程標 정해놓고
발걸음 재촉한다

맞지 않은 그림 걸지 못하고
꿈 달라 이정표 따라
갈 수 없는 날 오면
먼발치 부모 바라만 볼 뿐.

방향 잃은 난파선

장막 속 가려진 진실 드러날까

때깔 고운 독버섯 궤변

여과 없이 쏟아내고

어설픈 잔꾀 부려봐도

손바닥으로 하늘 가릴 수 있으랴

좌측 굳어진 머리

우측 돌아볼 수 있어야

사방 경계 살펴볼 수 있으련만

시간을 거슬러 회귀하는

편향의식 화석 되어가는구나

연일 쏟아지는 난제들

지혜 모아도 버거운데

편가름 패착 두고 있으니

난파선 같은 나라의 앞날

기약할 수 없어라.

번뇌 사라짐을

없는 설움
말할 수 없이 가슴 아리지만
있는 근심
한시도 마음 편한 날 없어라
생활이 안정되어야 마음도 편안하지만
소유하지 않아야 번뇌 사라짐을.

보이는 것

보이는 것
있는 그대로인데
바라보는 이
저마다 달리 말함은
무지개 색안경 탓인가

보이는 것
거짓임이 분명한데
말하는 이
참이라 우김은
이분법적 사고思考 탓인가

보이는 것
바라본 그대로
말하지 않고
궤변詭辯 늘어놓음은
갈지자 시국時局 탓인가.

봄날 탄천

농도 짙어가는 봄날 탄천
수채화 전시장

물가 수양버들 수줍은 듯
연초록 치마 나풀거리고
언덕배기 개나리 시샘하듯
샛노란 얼굴 내밀면
대지에는 생명의 용트림

둑길 농익은 벚꽃
거부할 수 없는 유혹
이끌려 찾은 상춘객
백옥 미인 품에 안겨
수채화 한 폭 되어라.

봄비 같은 겨울비

함박눈 내릴 듯한 희뿌연 하늘
봄비 같은 겨울비 내리고
의자 기댄 오수午睡
쳇바퀴 날들의 망중한忙中閑

빛바랜 수채화 단풍나무
찬비 젖어 사시나무 떨 듯해도
흐트림 없는 묵상黙想
지난날의 무상無常함 곱씹는 듯

겨울 문지방 넘어가는데
봄의 화원花園 들어선 듯
의문疑問의 수수께끼
눈 올 것 같은 비 오는 날.

봄비 내린 주말 아침

물기 머금은 오월의 공원
바라보는 가슴속
가만가만 봄비 내려
실낱같은 설렘 퍼져가고

차량 행렬 이어지던 거리
물방울 행진곡 울려 퍼져
고된 짐 내려놓은 아스팔트
일탈逸脫의 편안함 전해지고

메임 없는 주말 아침
봄비 내려 느긋한 마음
홀로 마시는 한 잔의 커피
운치韻致 더욱 더하여라.

봄비로 세수하고

언 땅속 움츠렸던 씨앗
봄비 내려 새싹 틔우는데
코로나 할퀸 삶의 현장
트럼펫 언제 울리려나

장마로 물러진 제방
힘없이 무너져 내리듯
물러서지 않는 바이러스 공습
버팀목 산업마저 침몰시키는구나

봄비 젖은 수목
생기 돌아 멍울 맺듯
두더지 같은 암울한 일상
봄비로 세수하고
제 모습 찾았으면.

부질없는 짝사랑

허리 잘린 한반도
가로질러 대못 박은 철책선
고희古稀에도 무너질 기색氣色 없고
분단의 골 깊어만 가는구나
포화砲火 속 연기되어 사라진
이름 없는 병사의 못다 한 꿈도
학의 목 이산가족의 애끓는 사연도
6월의 녹음에 묻혀 가는데
부질없는 짝사랑으로
이념理念의 철문 두드려 봐도
조롱 섞인 냉소만 메아리 될 뿐
엉킨 매듭 건드릴수록 꼬여만 가니
구천九泉에서 지켜보는
순국선열殉國先烈 무슨 낯으로 뵈올지.

분재원 향적봉

설한풍雪寒風 모진 바람

일시一時도 끊일 날 없어

사지四肢 뒤틀린 채

납작 엎드린 주목朱木

군락群落 이룬 향적봉香積峯

분재원盆栽園 찾은 듯하여라

아득히 펼쳐진 고산준령高山峻嶺

외적外賊 침입 막아주는

장성長城 쌓은 듯하고

구름 위 솟은 천황봉天皇峯

선계仙界의 군계일학群鷄一鶴이로다

때 이른 동장군冬將軍

옷깃 여미게 하고

곤돌라 운행 시간 정해져

석양 드리운 덕유산 절경絶景

다 못 보고 발길 돌려 아쉬움 남음을.

비 갠 뒤 나뭇잎

되새김 되지 않고
터져 나오던 활화산 욕구
오랜 세월 채찍질에
형체마저 사그라지고

거꾸로 돌아가는 시계 따라
새겨지는 지난 삶의 흔적들
어긋난 퍼즐 같아도
되돌려 맞출 수 없음을

비 갠 뒤
이슬 머금은 나뭇잎처럼
더욱 푸르르길 바랄 뿐.

비대면 가상 세계

세월
이끼 가득 덮여
토담 쌓듯 만들어진 삶의 방식
불청객 비대면 찾아와
혼란의 아우성 드높아라
강물
쉼 없이 흘러 퇴적된 토양 위
지층 쌓듯 형성된 문화
가상 세계 성큼 다가와
변화의 소용돌이 휘감겨라
태풍
할퀴고 지나간 자리
아름드리나무 뽑히듯
비대면 가상 세계
너와 나의 삶 바꿔놓으리.

비움의 수행

설빔 운동화 한 켤레
가슴속 고이 품고 잤던
물질의 결핍 시대
버리는 물건 하나 없이
애지중지愛之重之하였지만

지천至賤으로 널린 물건
유행 따라 바꿔 쓰는
물질의 풍요 시대
새것 같은 생활용품
쓰레기 산을 이르는구나

물질 쌓기 걸신乞神들린 이여
피안彼岸의 언덕 넘으려면
지팡이조차 무거우니
비움의 수행修行
정진精進함이 어떠하리.

비워진 한 자리

뙤약볕에 얼굴 그을리고
소낙비에 옷 젖으며
동네 식당 기웃거려도
식도락食道樂의 자유 있어

찾아가는 식당마다
주인장主人丈 살갑게 맞아주고
정성 깃든 단품單品 식사
산해진미山海珍味 못지않아도

발길 끊은 손님 찾아오게
안간힘 쓰는 모습
자영업의 아픔으로 다가와
비워진 한 자리 찾아간다.

사우스 케이프 CC

남녘 끝자락 해안절벽
푸른 바다 배경 삼아
설치예술 작품 같은 코스
펼쳐지는 사우스 케이프 CC

투박한 자연환경 다듬어
공들여 꾸몄어도
원래 모습 묻어나는
곡선의 파노라마여

노천탕 몸 담그고
바라보는 눈부신 바다
앙증스런 섬 사이로
어선 몇 척 떠 있구나.

살맛 나는 세상

비빔밥처럼
이 생각 저 생각 섞여
어깨동무하는 사회
내 목소리 낮추고
네 목소리 경청敬聽하여
더불어 사는 길 찾아간다

따로국밥처럼
이 생각 저 생각 달라
뿔뿔이 흩어진 사회
내 목소리 높이고
네 목소리 무시無視하여
찢어져 사는 길 찾아간다

살맛 나는 세상
대립과 반목反目으로
이루어지지 않고
포용과 상생相生으로 이루어짐을.

상생의 숲

솔 향기 그윽한 숲
엄마 품 안긴 아기처럼
평온 깃들게 하여도
소나무, 참나무, 떡갈나무 집성촌
햇살자리 영역 다툼 쉼 없어라

어깨동무하는 조화의 숲
대갓집 소나무, 참나무 곁
생강나무, 오리나무 소가小家
구석자리 터 잡고
자투리땅 야생화 가득하여라

허울 좋은 공존共存
내 목소리만 높아져
반쪽 땅덩이마저 가르니
분수 지켜 더불어 번성繁盛하는
상생相生의 숲 닮았으면.

상전벽해로다

쓰레기 산 묻힌 어제의 정보

모두 숨 몰아쉬고

갓 볶은 따끈한 정보

고소한 냄새 풍기는구나

손안에 휴대폰 지구촌 소식

광속光速 전해주고

원터치 가전제품

가사노동 해방시켜주는구나

한 달 걸린 한양 길 SRT 타니

고향 친구 만나 막걸리 한잔해도

오가는 데 반나절 걸려라

SF 영화 속 상상想像

뚜벅뚜벅 걸어 나와

로봇과 AI 첨단 제품

대세大勢로 자리 잡으니

상전벽해桑田碧海 이를 이르노라.

상큼한 무주 사과

시집갈 날 손꼽아 기다리는
꽃처녀 같은 무주 사과
오가는 길손 맞이하며
수줍어 얼굴 빨개지는구나

뿌리 흔든 폭풍
온몸으로 막아낸 무용담武勇談
예사롭게 나누는 무주 사과
결실結實의 넉넉함 묻어나는구나

적상산 붉은 기氣 흠뻑 받고
차가운 골바람 냉수욕한
때깔 고운 무주 사과
한 입 깨물면 상큼한 과즙
입안 가득 퍼져라.

새벽 여는 사람들

뼛속 스며드는 한기寒氣
온몸으로 맞으며
새벽 여는 사람들 있어
환한 아침 맞을 수 있으리

블랙 아이스 낀 빙판길
곡예 하듯 운행運行하며
발 동동 구르는 첫차 승객
빼곡히 실어 나르는 버스 기사

어둠 가시지 않은
꽁꽁 언 가로수길
흩어진 낙엽 쓸어 담느라
비질 바쁜 청소부

보이지 않는 음지陰地에서
헌신獻身하는 사람들 이들뿐이겠느냐?

생멸生滅의 탄천

속세 떠난 수도사처럼
홀로 명상에 젖은 왜가리
의지할 벗 없는데
설한풍雪寒風 어이 견디려는지

우듬지 웅크린 들고양이
주린 배 움켜쥐고
생사生死의 기로岐路
얼마나 헤맬지

생멸의 순환循環
릴레이 하는 탄천
야생野生의 법칙 따라
생태계 유지됨을.

석촌 호수 사계四季

중년의 원숙함 묻어나는
석촌 호수 둘레길 벚나무
지난밤 보슬비 내려
벚꽃 만개滿開하더니
상춘객賞春客 북새통 이르는구나

도열堵列한 근위병 벚나무
푸른 젊음 주체 못 해
가지 뻗어 잎새 드리우고
합창단 매미 가족 불러들여
한여름 무더위 가셔주는구나

울긋불긋 단풍 옷
차려입은 둘레길
단풍놀이 절정絕頂 향해 치닫고
호수 지킴이 오리 떼 유영遊泳
안식의 느긋함 묻어나는구나

흰 눈 덮인 석촌 호수
내려다보이는 카페 창가
성에 낀 창 너머로
소중했던 날들의 기억
영화 속 장면처럼 스쳐 지나가도다.

서울의 밤하늘

별빛 사라진
서울의 밤하늘
누구도 이상스러워 않는다
원래 별 없었던 것처럼

먹물 뿌려놓은
서울의 밤하늘
아무도 물어보지 않는다
당연히 별 보이지 않는 것처럼

까마득히 잊힌
서울의 밤하늘
달 홀로 밤새워 떠가고
별 내려온 듯 새벽녘 거리
가로등 불빛 반짝인다.

세상 탓만

산이
명산名山이라 불리려면
계곡을 품어야 하고

강이
이름을 얻으려면
가뭄에도 물길 이어져야 하고

사람이
우러러 보이려면
도량度量이 넓어야 함을

산이 산답지 않고
강이 강답지 못하고
사람이 사람답지 않으면서
세상 탓만 하여라.

세월

닮은 듯 같지 않은
설렘 없어도
어김없이 열리는
아침

보일 듯 가려진
호기심 없어도
정해진 길 찾아가는
하루

그날 같은 그 날
다시 오지 않아도
바람결에 쓸려가는
세월.

소나무 바라보길

글샘 공원 늦가을 파티
단풍 옷 차려입은
수목들 우쭐거려도
단벌 신사 소나무
홀로 청정淸靜하여라

철 따라 모습 달리함이
만물萬物의 순리順理일진대
욕심쟁이 소나무
푸른 젊음 평생 누리고파
옷 바꿔 입지 않는 건지

파도에 떠다니는 조각배마냥
세류世流에 휩쓸린
줏대 없는 소인배小人輩
소나무 바라보길
조상 숭배하듯 함이 어떠리.

소중한 인연

낯선 이국異國 땅 밟았어도
고향 찾은 듯
정겹게 안겨 옴은
가족처럼 보살펴주는 이
있음이리라

말 한마디 글 한 자
알아듣고 쓸 수 없어도
고국故國에 있는 듯함은
살갑게 대해주는 이
있음이리라

보이는 풍경 달라도
사람 사는 곳
다를 바 없지만
인연의 소중함 있어
이국도 고국 같음을.

송년의 밤

마지막 잎새 같은
남은 달력 한 장
턱걸이하듯 매달려 있는
저무는 기해년己亥年 저녁

드넓은 서울 땅
기댈 언덕 친구 모임
와인 잔 부딪히는
청아淸雅한 소리에
한해 시름 씻겨 가는구나

흰머리 주름진 얼굴에
힘든 삶의 여정旅程 묻어나도
순박한 옛 모습 남아
그 시절 기억 되살려라.

송파 나루터 석촌 호수

조운선漕運船 점점이 떠 있고
흥정 소리 아침 여는 송파장
나루터 표지석標識石 남아
수운교통水雲交通 요지要地
옛 영화榮華 회상回想하게 하여라

두 갈래 한강 물길
남쪽 매립한 터
오리 남짓 둘레길 석촌 호수
공들여 가꾼 덕에
문전성시門前成市 이루는구나

구름 위 롯데월드 타워
은은히 비춰주는 조명
호수 어려 운치韻致 더하니
연인들 속삭임 그치지 않아라.

수양버들

둑길 만개滿開한 벚꽃
조연助演되어 연초록 잎새 틔우고
개나리 벗하여 탄천의 봄
수놓는 흐드러진 수양버들

바람결에 나풀거리는 모습
고전 무용 추듯 유려流麗해 보여도
불청객 태풍 온몸 맞선
옹이진 밑동 상흔傷痕 깊고
휘어진 가지 요가 자세 같아라

묵묵히 살아가는 소시민처럼
눈여겨보는 이 없어도
제 자리 지키는 수양버들
너 없는 탄천 생각할 수 없음을.

수행승修行僧 왜가리

물 풀린 탄천
오리 떠난 강기슭
왜가리 서너 마리
묵상黙想에 젖어 있네

살에는 북서풍
칠흑 같은 어둠 속에서도
한 점 흐트림 없이
제 자리 지켜온 수행승 왜가리

바람이 전해주는 세상 소식
무심無心한 듯 흘려보내고
젖은 다리 시리도록
구도求道의 수행
해 지는 줄 몰라라.

시암 CC

벨벳 깔아놓은 듯
드넓은 페어웨이
초록의 향연饗宴 펼쳐지는
명문名門 시암 CC

솔리스트 연주인 양
일행一行의 공치는 소리만
명상에 젖은 페어웨이
적막 깨뜨리는구나

소몰이 하는 듯한
라운딩 길들여졌는데
게으른 시계 돌아가듯 하니
딴 세상 같아라.

실금 가듯

거꾸로 돌아간 시계
바로 돌려놓아도
잠 못 드는 바람의 뒤척임에
새벽을 맞이하고

부풀어 올랐던 기원
낙엽 되어 떨어져 나갔어도
석연치 못한 마음자리
누에 주름 접혀짐을

눈앞 안개 걷히고
앉은 자리 요동 없어도
항아리 실금 가듯
찢겨 가는 깃발이여!

아침

어둠의 사슬 끊고
솟아오른 붉은 해
잠든 대지 깨워
생동의 고동 소리
너울처럼 퍼져가면
꺼져가는 가로등 불빛 따라
지난밤의 아픔 사라지고
설렘으로 충만한 거리
탭 댄스 소리 커져간다.

안식의 기도 소리

붉은 노을 드리운 산등성이
땅거미 지는 저물녘 거리
가로등 하나둘 불 밝히고
꼬리 무는 자동차 행렬行列

퇴근 시간 오피스 빌딩
축사畜舍 속 양떼처럼
쏟아져 나오는 샐러리맨
해방감 묻어나는 발걸음

쉴 만한 쉼터 보금자리
찾아가는 저물녘 거리
파문波紋되어 퍼져가는
안식安息의 기도 소리.

알 수 없는 앞날

장막帳幕 속 웅크린 앞날
거인巨人 걸음 걸어가
기氣를 쓰고 쫓아가도
얼굴 볼 수 없고

미로迷路처럼 얽힌 앞날
출구出口 찾을 수 없어
벼랑 마주한 듯 막막하여
가브리엘의 손길 기다려지지만

밤바다 불 밝힌 등대 같은 기대
한 줄기 광명光明으로 다가왔다
저만큼 뒤안길 사라져도
알 수 없는 앞날 기다려짐을.

양지와 음지의 명암

광풍狂風이 휩쓸고 지나간 거리
흩날리는 것 나뭇잎뿐이런가
떠나간 손님 기다리며
학의 목 되었다 끝내
거리로 내몰린 이들 무수無數하니

찢긴 플래카드에 새겨진
"더불어 사는 세상"
누렇게 빛바래 가고
양지와 음지의 명암明暗
더욱 선명해짐을

몹쓸 운명 어찌할 수 없지만
죄 없는 선량한 소시민들
소박한 꿈마저 산산散散이 흩어지고
통한의 눈물 강물 되어 흐르네.

어둠의 늪 속

사물놀이 공연 끝난 무대
암막 드리운 듯
경적 끊어진 도로
고요가 깃들고
겨울비 젖은 가로등 불빛
사시나무 떨듯 가물거리는
을씨년스런 밤거리마저
안식의 잠자리 찾아들면
용해되지 못한 불협화음도
옥죄는 삶의 고통도
어둠의 늪 속으로 빠져들고
또 하루는 망각의 강을 건넌다.

어린이 정경情景

어린이 마음
가을 하늘처럼
티 없이 순수하여
알록달록 무지개 물들여 가는구나

어린이 사귐
청아清雅한 백자처럼
해맑고 스스럼없어
차별 없이 두루 어울리노라

어린이 바람
은은한 솔 향기처럼
꾸밈없이 그윽한
사랑 가득한 보살핌이어라.

어스름

낮과 밤의 가교架橋
저물녘 어스름
찾아 든 거리
밀레의 만종晩鐘 소리
하늘가 맴돌다
소금기 절인 소시민 얼굴에
안식의 미소로 내려앉는다.

역사의 수레바퀴

뉴스창 도배塗褙했던 특종들
역사 속 한 점으로 남고
범람한 강물 비 갠 뒤
제 모습 찾아가듯 한 일상

파도 거센 바다처럼
혼란스런 인간 세상
불협화음不協和音 갈등 빚어도
얼기설기 봉합封合하고

계층 간 평등 사회
허구虛構에 지나지 않지만
무심無心한 듯 외면外面하고
덜커덩대며 굴러가는
역사의 수레바퀴.

연례행사 김장

겨울 채비 연례행사
김장철 되면
온 동네 아낙네들
이 집 저 집 품앗이로
날 가는 줄 몰라라
얼어붙은 밭고랑
푸성귀 한 줌 바랄 수 없는데
삼시 세끼 대가족 반찬거리
시래깃국에 김치만 한 게 있으랴
땅속 묻어둔 장독
살얼음 낀 김치 한 포기
밥도둑이었지만
시장에 반찬거리 넘쳐나니
김장철도 옛이야기 되겠구나.

열 조건 다 갖춰도

중생衆生의 삶
고통 벗어날 수 없다 해도
삶의 길목마다 난관難關
가슴 무너지는 아픔 따름을
열 조건 다 갖춰도
한 조건 모자라면
가슴속 근심 드리우고
절박한 문제 해결하면
또 다른 문제 불거지니
구색具色 두루 갖춘 삶
내세來世에나 가능하려냐
남들 삶 평온해 보여도
굽이굽이 고갯마루 넘어오며
가슴속 멍울 맺히지 않은 이
어디 있겠냐마는
단지 드러내 보이지 않을 뿐.

제 3부

영혼의 쉼터

자작나무 숲 아득히
목관악기 소리 가물거리면
끊어질 듯 이어지는 바이올린 소리
말초신경 초점 모으는
영혼의 쉼터 클래식 감상

오랜 벗 쿼더 606
연륜의 무게 굴하지 않고
밤하늘 별 같은 명연주^{名演奏}
오롯이 살려낸
영혼의 호사^{好事} 클래식 감상

선봉장^{先鋒長} 피아노
말발굽 박차고 내달리면
현악기, 타악기, 금관악기 협연
감전^{感電}된 듯 전율 일으켜
새 되어 날아가는 영혼.

영화 속 명장면처럼

보이지 않는 굴레
허물 벗듯 벗어던지고
길 떠나기 쉽지 않지만
마음 맞는 부부 골프투어
예기치 않은 기회 찾아와
겨울나기 철새처럼
남녘 땅 찾아갔네
스케줄 짜인 패키지여행
깃발 따라 다니지만
배려 깃든 골프투어
새처럼 메임 없어
영화 속 명장면名場面처럼
가슴속 아로새겨지리.

옛정 철새 되어 날아가리

벽돌 쌓듯 공들인 관계
문고리 헐거운 방문房門처럼
연신 삐거덕거려
살가운 정情 떠나간 자리
석불石佛 돌아앉았구나

강남 땅 종일 걸어 다녀도
아는 이 만나 손잡기 어려운데
막걸리 나누는 허물없는 벗
예사 인연이랴마는

조석朝夕으로 변하는
유리잔 같은 인간 마음
연이어 기대 미치지 못하면
종내終乃 서운함 원망되어
옛정 철새 되어 날아가리.

오수午睡

머릿속 사념思念 내려놓고
의자 기대어 빗소리 듣노라니
음악인 양 가슴속 젖어 들어
마법처럼 빠져드는 오수

삶의 무게 뼈마디마다
똬리 틀고 앉았다
숙면熟眠 속 용해溶解되어
깃털처럼 가벼워짐을

비 갠 뒤 더욱 푸르른 나무처럼
지친 심신心身 오수로 생기生氣 넘쳐
외손녀 마중 가는 발걸음
스텝 밟듯 경쾌하여라.

외손녀 키움 백자 빚듯

해맑은 외손녀 건강한 자람
먹물 튕겨 오점汚點 남길까
걱정하는 외할아버지 마음
불가마 지켜보며
날밤 새우는 도공 마음과
다를 바 있으랴
순수의 결정체 백자
정성으로 빚어지듯
외손녀 온전한 키움
이와 다를 바 있으랴
백자같이 단아한 외손녀
검게 그을린 외할아버지 마음
정화淨化시키는 청량제로다.

외줄 매달린 도장공

고층 아파트 외벽
외줄 매달린 도장공塗装工
올려다보는 것만도
오금 조려라

외투 입은 행인들
자라목 되어 걸어가는데
바람벽 없는 고층 아파트
긴 롤러 페인트칠
살에는 고통 따르리

시지프스의 굴레인 양
생명줄 어깨 감고 걸어가는
도장공 뒷모습에
삶의 처절함 전해짐을.

우물쭈물하더니

단풍 드나 했더니 낙엽 흩어져
허리춤 붙들어도
목석木石 같은 시간
제 갈 길 가는구나
오늘 이루지 못한 바람
내일 이루어지리라 기대하지만
오늘 같은 내일 없어
기회는 시위 떠난 화살 같음을
참을 인忍 가슴속 새기고
우물쭈물하더니
마음 가는 대로 몸 따르지 않아
기원祈願 내려놓고 바라본 하늘
흰 구름 저만큼 흘러가는구나.

워라밸

옹고집 제도制度
빗장 걸어 잠근 시절
주말마저 일에 매인
쉼 없는 생활이었지만

밀려오는 변화 물결
거슬러 갈 수 없어
굳게 닫힌 대문 빠끔히 열리니
꿈속 낙원樂園 현실로 안겨 오네

들불처럼 퍼진 워라밸
삶의 패턴 바꾸어 놓아
가족과 함께하는 생활
반석처럼 자리 잡아감을.

원융회통

동東은 뜨는 해 찬란하고
서西는 지는 석양 그림 같고
남南은 한려수도 청정淸淨하고
북北은 고봉준령 장대長大하니
동서남북 원융회통圓融會通.

이상적인 삶

내川의 모양새 맞춰
급하게도 느리게도
흘러가는 물처럼
순리順理에 따른 삶

남들 살아가듯
평범한 일상 누리며
마음 가는 대로 행行하여도
법도法道에 어긋나지 않는 삶

보이지 않는 제도와 관습
애써 벗어나려 하지 않아도
자유로운 정신세계 노닐어
편견과 차별 넘어선 삶

이상적인 삶
메이는 듯 메이지 않는
일상생활에 있음을.

인연의 굴레

보이는 것 가려진 것의
부분에 지나지 않고
말하는 것 말 못 하는 것의
한 조각에 불과하지만
가슴속 와닿는 속마음
감출 수 없어라
쇠사슬처럼 엮인 삶의 고리들
안식의 울타리 되기도
옥죄는 포승줄 되기도 하지만
인연의 굴레 벗어날 수 없음을
꿈꿔온 삶과 상관없이
길손 실은 나룻배 인연 따라
거센 강바람에 휩쓸리며
하염없이 떠내려가는구나.

자연의 향기 있어

숨죽여 엎드려 있는 듯해도
제 할 일 다 하는 자연
벚꽃 향연饗宴 끝나려니
연초록 물결 출렁거려라

애써 외면하고 딴청 부려도
살얼음 걷듯 조심스런 일상
쉬이 끝날 것 같지 않고
춘삼월春三月 화사함 시들하여라

대면적對面的 관계 무너져
생기生氣 잃고 지쳐가지만
자연의 향기 코끝 간질여
가슴속 한줄기 훈풍薰風 일어라.

저무는 해^年

세상의 온갖 소리

안식의 자리 찾는 새벽녘에도

시간 실은 거룻배

노 젓는 소리 끊이지 않아라

서 있는 자리 언제나 오늘이지만

몇 발짝 물러서면 지난 추억 마주하고

몇 걸음 다가서면 내일 모습 투영된다

가름할 수 없는 빈 하늘

초신성超新星 모두 숨 몰아쉰 자리

가물가물 아기별 반짝이고

억겁의 시간 멈춘 듯 흘러간다

석양이 물든 서산에는

너덜거리는 달력 한 장

턱걸이하듯 걸려서

저무는 해를 붙들고 있다.

적상산 올라

붉은 단풍 치마 차려입은
깎아지른 절벽 적상산赤裳山
고갯길 돌고 돌아 오르면
탁 트인 호수
별천지別天地 온 듯하고
전망대 굽어보면
단풍 물결 파노라마
절로 탄성歎聲 터져라
실록實錄과 선원록璿源錄
모셔둔 사고史庫
산성山城 쌓고 호국사 지어
왜군 침입 물리치고
온전히 지켰어라
수호守護 승병僧兵 기상氣像
아득히 보이는 고봉高峯과
다를 바 없었으리.

정체 모를 이벤트

지구촌 시대 사는 현대인
이국땅 내 집처럼 드나드니
외래문화 막을 수 없지만
정월 대보름, 단오절 놀이
흔적 사라진 자리
밸런타인데이, 핼러윈데이
언제부터인가 안방 차지하니
헐거운 옷 입은 듯하여라
어제 같은 오늘 이어지는 일상
이벤트로 활력活力 얻겠지만
괴이한 모습 행진에
얕은 상술商術 묻어남은
나만의 우려憂慮인가?

정해진 틀 벗어나

오랜 날 길들여진 관습
석고처럼 굳어져
어설픈 망치질 깨지 못해도
파격破格의 아픔 없이
시대 조류潮流 탈 수 없으리

정형화定型化 된 관습
생활 속 주인공인 양
기고만장氣高萬丈하여도
수목 엇가지 잘라내듯
군더더기 떼 내면 단출해지리

보이지 않는 올가미
관습에 옥죄인 생활
미련 없이 떨쳐버리고
메이지 않는 나만의 삶
누려봄이 어떠할까?

제철 지났어도

불청객 태풍 화적떼처럼
대문 박차고 몰려와도
가지마다 딸린 대가족
낙과落果 없이 지켜내느라
굽은 허리 더 굳어졌구나

신주神主 모시듯
가지 치고 거름 준
지극한 농부 정성精誠
포도송이마다 알알이 스며
영롱한 자태姿態 빚어졌어라

제철 지난 늦가을
운악산 정기精氣 어린
청량淸凉 달콤 포도
냉장시켜 꺼내 먹는 호사好事
무엇과도 견줄 수 없어라.

주어진 길 흔들림 없으리

가족들 칡넝쿨처럼 엮여
나만의 자유 뜬구름 같아도
시리도록 아린 손가락 없이
더불어 걸림 없는 삶 살았으면

가족들 거미줄에 메여
나 홀로 여행 꿈길에나 가 봐도
가슴 무너지는 아픔 없이
함께 굴곡 없는 삶 살았으면

보살펴야 할 가족 있어
내 생활 후순위 밀려도
사랑의 기쁨 있기에
주어진 길 흔들림 없으리.

찰나에 지나지 않음에

손닿는 가지 과일 따듯
바라는 것 가질 수 있다면
절로 어깨춤 추련만
애간장 숯덩이 되어도
때 되지 않으면 빈 하늘

눈앞 정경 사진 찍듯
꿈꾸는 것 이룰 수 있다면
환희의 찬가 부르련만
학의 목 늘어뜨려도
인연 닿지 않으면 빈 수레

바라는 것 꿈꾸는 것
차창 밖 풍경처럼
찰나에 지나지 않음에
못내 아쉬워 뒤돌아봄
티끌만큼 덧없음을.

창 너머 공원

창 너머 공원
내 집 정원 삼고
사시사철 바라보는 호사好事
나 혼자 누리기 아까워라

겨우내 벌거벗은 나무
남녘 봄소식 전해지면
연초록 잎새 틔우고
북녘 단풍 소식 실려 오면
장롱 속 단풍 옷 갈아입는구나

촉촉이 찬비 내리는 날
아련한 추억 되새겨주고
흰 눈 소복소복 내리는 날
한잔 커피 운치韻致 더하여라.

천상 백옥 미인

바라보고 흠모欽慕할 뿐
한 치도 다가갈 수 없는
천상天上 백옥 미인
해탈解脫의 경지境地 노니노라

분단장한 절세미인
이보다 더 고우랴
교태嬌態 없는 눈길 한 번
시인詩人 묵객墨客 애간장 녹았으니

변함없는 염화미소
찌든 번뇌 씻어주고
어둔 밤길 밝혀주는
만고萬古의 벗, 달아.

첫눈 소식 전해와

겨울 문턱 입동立冬 넘어
외투 물결 일상日常 되었어도
첫눈 내리지 않아
겨울 와도 아닌 듯하였는데
사진 속 첫눈 내린
산야山野 풍경 마주하니
비로소 겨울 맞은 듯하여라
겨울 전주곡 첫눈 내리면
새하얀 순수純粹 이불
잿빛 거리 덮고
아이들 뛰노는 소리
행진곡처럼 울려 퍼져
코로나로 시름 깊은 이들
미소 짓게 하련만.

청심淸心

산문山門 걸어 잠그고
동안거冬安居 든 스님
화두話頭 붙들고 앉아
흰 눈 맞고선 부처 보지 못해도
풍경風磬 소리 리듬 맞춰
눈길 틔우는
붉은 볼 동자승童子僧 대빗자루에
때 이른 매화 피어라.

초월

관습에 찌든 누더기
헌신짝처럼 벗어던지고
칼바람 부는 광야 저편
붉은 노을 속 낙원 찾아간다

그림자 같은 아린 자국
사슬 끊어 팽개치고
안장 없는 말 등 올라
무욕의 땅 찾아 달려간다

모래바람 불어 욕망의 깃발
찢겨져 흩날린 자리
갓 부화한 초월의 새
날갯짓이 힘차다.

칠십 리 무주 구천동

구천九千 불자佛子 예불 소리
우레처럼 울려 퍼지던
불국佛國의 땅 구천동九千洞
가세家勢 기운 가문처럼
산문山門 떠난 불자 줄이어
백련사白蓮社 홀로 남아
순백색 연꽃 피우고 있어라
나제통문羅濟通門 일경一景에서
향적봉 삼십삼경三十三景까지
담潭 폭瀑 탄灘 대臺 등 삼십삼경
합죽선처럼 펼쳐지는 칠십 리 구천동
발길 닿는 곳마다 비경秘境이요
골마다 전설의 고향이로다
춘추계원 풍류 깃든 파회巴洄에는
천년 세월 한결같은 천년송
구천동 수호신 되어가는구나.

침묵의 암살자

침묵의 암살자
바이러스 막아주는 마스크
철옹성인 양 눌러쓰고 칩거蟄居해도
공포의 눈빛 감출 수 없어라

들불처럼 번지는 바이러스
하늘길마저 막고
침체沈滯의 늪 빠진 나라 경제
추락의 끝 어디인가

미로迷路 속 갇혀
오가지 못하는 사람들
엇박자 일상日常에 신음하며
바이러스 수용소
벗어날 날 손꼽아본다.

침묵하는 순간에도

장맛비 속 피켓 들고
목 터지게 외쳐대는 이들
나의 삶과 관계없는 듯해도
인과因果의 고리에 엮여 있음을
바람 탄 붉은 깃발
가속加速 붙어 휘날리는 시국時局
나의 길과 상관없는 듯해도
쌍끌이 그물망 벗어날 수 없음을
바리게이트 없는 도로
폭주족 굉음轟音 한계점 벗어나도
나와 무관無關하다고 외면하는 이들
침묵하는 순간에도 더불어 사는 이웃
두견杜鵑의 절규絶叫 쏟아내고 있다.

카오스 정국政局

암막暗幕 속 가려진 진실
양파 껍질 벗기듯 하여
카오스 정국 이어지니
가나안 땅 언제나 찾아갈까

근시안近視眼 선심성善心性 정책
과녁 정조준하지 못하고
변죽邊竹만 울리고 마니
먹구름 낀 해 언제나 나오려나

천정부지天井不知 집값
내 집 마련 꿈 앗아가고
늘어나는 납덩이 세금
굽은 허리 휘게 하니
알맹이 복지사회 언제나 오려나?

탄천가 갈대처럼

밤새 흰 눈 내리듯
소리 없이 쌓인 세월
뙤약볕에도 녹지 않고
나이테 늘어가도

언뜻언뜻 고개 내미는
앨범 속 도사린 지난날
한줄기 스쳐 간 바람일 뿐
궤적軌跡 되돌려 갈 수 없음을

거추장스런 장식裝飾 벗어던지고
철마다 모습 달리하는
탄천가 갈대처럼
오는 내일 맞을 수밖에.

탄천의 고라니

탄천가 굽은 산책길
고라니 새끼 한 마리
사람들 시선 아랑곳 않고
봉긋봉긋 새싹 뜯고

어미 없이 홀로 있어도
두려운 기색 없는 고라니
해맑은 눈 바라보노라니
잊힌 순수 깃들어라

우듬지 속 들려오는
새싹들의 속삭임
코러스처럼 커져가는
야생이 꿈틀대는 탄천이여!

태양의 계절

기다려 온 날만큼
녹음 짙은 공원
매미들 구애求愛 소리 우렁찬
태양의 계절 8월이여

양철 지붕 위 떨어지는
빗방울 소리처럼
시끄러운 세상사世上事도
무더위에 기세氣勢 꺾여라

강물 굽어보는 정자亭子 올라
근심도 인연도 내려놓고
합죽선 벗 삼으면
신선神仙도 부러워하련마는.

파리한 남포등 너머로

세상살이 바닷물 같아
밀물과 썰물 이어지고
혼돈의 도가니 속
바람 잘 날 없어라

인생살이 고갯길 같아
오름과 내림 반복되고
희비의 파노라마
끊어질 듯 이어져라

버리고 버려도
허공 같아지지 않고
바라고 바라도
신기루 같은 하루하루

그렇게 한해 흘러
파리한 남포등 너머로
한 점 되어 사라지는 날들이여!

편가름

섬과 섬
사이
조류 흐르듯

너와 나
사이
철책 가로막듯

좌와 우
사이
섞이지 못함을.

평온한 날 오려나

시공時空을 초월하여
넘나드는 생각들
홀연히 나타났다 사라지곤 해도
단절斷絶의 벽 속 붙들어 둘 수 없어라

온종일 길손 찾아와 전해주는
한마디 이야기 없어도
산 넘고 물 건너온 소식
차고 넘쳐 옥석玉石 가리기 어려워라

부질없는 생각들
산들바람에 흩날리고
실없는 소리들
새소리에 묻혀 가는
평온한 날 언제 오려나?

풍경 소리 들으려

이 고을 저 고을
펴져 가는 말들
엇가지 뻗어 가시 돋고
영혼 없는 빈껍데기
주인 행세하는구나

무릎 맞대고 앉아
살갑게 나누던 정담情談
너와 나 관계 녹슬고
공동체 울타리 무너져
실어증인 양 말문 닫혔어라

창 열면 들리는 온갖 소음
마음의 평정 흔들지 않아도
뱀의 혀 날름거린 거짓말
울화鬱火 치밀게 하여
봇짐 꾸려 풍경 소리 들으러 가리.

피맛골

그 시절 소도시 골목길
재현再現한 세트장 같은 피맛골
포박捕縛당한 시간 한 걸음도
떼지 못하고 화석化石 되어간다
빌딩 숲 가려진 오지 마을
헌신짝처럼 팽개쳐진 채
변화의 물살 비껴가고
어그러진 블록 담장 이끼 덮여라
전깃줄 볼썽사납게 얽힌
골목길 귀퉁이 포장마차 앉은
추억 여행길 노인네 소주잔에
피맛골 애환哀歡 어리는구나.

하늘 한번 바라보면

서러워 눈물짓던 하늘
잡티 없는 푸른 얼굴 내밀고
솜이불 널어놓은 듯
흰 구름 떠 있는 7월의 어느 날

얽히고설킨 세상사世上事
칡넝쿨처럼 비비 꼬여
어느 한 날도 바람 잘 날 없고
먹구름만 잔뜩 끼었어도

휴대폰에 꽂힌 시선
고개 들어 하늘 한번 바라보면
시시비비是是非非 물러간 자리
잊힌 동심童心 되살아나리.

한 편 시에 한 편 서예 화답하니

오랫동안 만난 친구
천 리 먼 곳 살아
마음 멀어질까 걱정했는데
소슬바람에 실려 온 소식
끈끈한 옛정 되살리는구나

이순耳順 한참 지나
경미輕微한 자극
마음 흔들지 않지만
한 편 시에 한 편 서예 화답和答
희열喜悅 샘솟게 하는구나

인생 2막
정靜과 동動 조화 이룬
격조格調 있는 삶
더불어 텃밭 가꾸어 가면
못 이룰 리 없으리.

한해의 막차

아기 예수 탄생
경배敬拜 소리 울려 퍼져
한해의 막차 12월호
떠나는 길 외롭지 않아라

구세군 자선냄비 종소리
끊어질 듯 이어져
한해 다가도 사랑의 갈증
가시지 않은 이들
희망의 끈 이어주는구나

떠나고 맞이함
올해만이 아니라
애절함 있으랴마는
가는 길손 뒷모습 안쓰러워
붙들어 두고 싶음을.

해묵은 정 깃털 같아

연륜만큼이나 기품氣品 있는
마을 어귀 정자나무
무성한 잎새 드리워
구슬땀 식혀주고
동네 사람 다 모여
인정 나누는 대화의 광장
한기寒氣 품은 바람 불어
노인네들 마실 뜸하고
타향살이 떠난 이들
다시 돌아오지 않으니
둘레 자리 낙엽만 쌓이네
정자나무 언제나 그 자리이지만
해묵은 정情 깃털처럼 여기고
돌아오지 못할 강 건넌 이들
감정의 골 깊어 만날 수 없어라.

허들 장애물 같아라

나이 따라 바뀌는 바람願
원하는 거 실현되면
연이어 다른 바람
허들 장애물 다가서듯 하여라
바라는 대학 들어가면
취직 걱정 잠 못 들고
결혼하여 아이 낳으면
집 장만 애태워라
자식 키워 출가出家시키면
손자 양육 맡겨져
삶의 굴레 벗어나기 어려워라
소원하는 건 소박한데
어느 하나 손쉬운 것 없고
마주치는 장애물 넘다 보니
어느새 백발 휘날려라.

허상虛想 붙들고

가슴 벅찬 기쁨도
바람 빠진 풍선 같아
터질 듯 한껏 부풀었다
아지랑이처럼 흔적 없고

애간장 태운 소원도
봄날 벚꽃 같아
화사하게 피었다
바람결에 흩어지고

오롯이 내 것인 양
움켜쥔 재물도
허상 붙들고 가부좌 튼 노승
자리 털고 일어남이리.

헐벗은 나무

연일 겨울 채비
분주한 나무
정든 벗 떠나보내도
눈물 한 방울 흘리지 않는구나

감싸주는 벗 없이
설한풍雪寒風 어이 견디려고
모질게도 마지막 벗까지
떠나보내는지

방한복防寒服 입은 사람들
거리에 넘쳐나는데
나무는 더욱 헐벗어가니
애처로움 더하여라.

홀가분하게

지난 기억 문득 떠올라
고개 돌려보면
바람 없는 허공에
흔적 지워진 흰 종이만

메마른 감정의 샘
애써 되살려보아도
지우개 스쳐 지나간 듯
빛바랜 자취만

가야 할 길 얼마인지
알 수 없지만
도사린 탐욕 내려놓고
홀가분하게 걸어갔으면.

홀로서기 익숙해져도

창밖으로 세월 지나가는 거
보이지 않았어도
동안童顔은 빛바랜 사진첩에 남고
계급장인 양 주름살 새겨졌어라

눈 뜨면 언제나 보이던 이들
늘 곁에 있을 것 같았어도
비바람에 흩어지는 꽃잎 같으니
길동무 소중함 아로새겨져라

홀로서기 익숙해져도
살가운 정情 나눈 이들
못내 그리운 날은
동네 골목길 기웃거린다.

환상 여행

손쉽게 이루어지는 꿈
어디 있으랴마는
환상의 섬 찾아가는 길
빗줄기 거세 마음 무거워도

뒤안길 접어들어
찾아든 삶의 여유
장애물 곳곳에 가로놓여
마음 편히 누리기 어려워도

급행열차 같은 세월
달려간 자리 주름살 새겨졌으니
지팡이 짚고 다니기 전
환상 여행 가는 수고 마다치 않으리.

환희의 찬가 울리길

경극 속 가면처럼
기원祈願 대상 바뀌어도
언제나 변하지 않는 건
애간장 숯덩이 되어서야
가브리엘의 손길 뻗침 이리
걷는 아이 예사롭게 보아도
한 걸음 한 걸음에
수백 번 넘어짐 있듯
어느 하나 시련의 아픔
겪지 않은 게 있을까
도약跳躍의 전환점 고갯마루 앉아
환희의 찬가 울리길 기다려도
공허한 메아리 되지 않을지.

활기 찾은 오월

막힌 물길 풀리듯
도심에 행인行人들 넘쳐나고
손님 끊겨 움츠렸던 가게
활기活氣 되찾은 오월

발길 닿는 거리 곳곳
꽃들의 향연饗宴 펼쳐지고
갓 피어난 연초록 잎새
하늘거리는 희망찬 오월

숨죽여 지낸 인고忍苦의 날도
암벽처럼 마주할 앞날의 시련도
푸른 생동生動의 용솟음
찬양讚揚 소리에 묻혀 가는 오월.

흘러가는 대로

누구에게 어디에서나
정해진 궤적軌跡따라
한순간도 벗어나지 않고
만물에 차별 없는 시간

묵상黙想에 잠긴 바위
억겁億劫 바람결 스쳐
바스러져 이룬 터전에
역사 새겨놓은 시간

빠른 듯 느린 듯 지나가는
인위人爲 조작 불가능한 시간
흘러가는 대로 따라갈 수밖에.

희망의 등불

순리順理 따른 작용
순풍에 돛 단 듯 거침없어도
강압強壓 의한 작용
역풍에 철퇴 맞은 듯 뒷걸음질

빛 좋은 슬로건 내세우고
토끼몰이하듯 해도
뻔한 속내 훤히 드러나
거센 저항 스프링 튕기듯

묵묵히 지켜보던 민심
벼랑 끝 의인義人
수호守護하는 원군援軍되어
희망의 등불 밝혀줌을.